AF237601

Otaru Tomis

Endlich

Erinnerungen

Autobiografie

Das Ende vom Anfang

Der Junge, der ich war, weinte. Er wusste nicht, wie er hier gelandet war und warum auf einmal alles wehtat. Gerade war er noch in den Armen von Mama gewesen und dann… Mama!

Der Junge weinte. Wo war Mama? Gerade hatte sie ihn noch auf dem Arm gehabt und hatte auf der Treppe gestanden. Sie hatte mit Papa ge… Papa!

Der Junge weinte. Wo war Papa? Papa hatte oben auf der Treppe gestanden und dann…

Der Junge weinte. Wo war er? Wo war Papa? Wo war Mama?

Er versuchte sich aufzurichten, doch es tat alles so weh! Er konnte gar nicht anders als zu schreien vor Schmerzen. Er konnte gar nichts sehen und hören außer den Schmerzen.

Doch dann wurde er behutsam gepackt und hochgehoben. War das Mama? Musste sie es nicht sein? Sie musste es sein!

Doch dann wurde er sehr behutsam in den Arm genommen und eine Stimme, die nicht Mamas Stimme war, sprach tröstend und beruhigend und vertraut auf ihn ein. Kräftige Hände hielten ihn und gaben ihm Sicherheit. Er fühlte sich geborgen.

Warum sollte er sich auch nicht geborgen fühlen? War er doch in den Armen von Papa, der ihn sorgsam an sich drückte.

Jetzt war alles wieder gut.

Wo war Mama aber nur? Wo blieb sie nur? Gerade war sie noch hier gewesen. Gerade hatte sie ihn noch in ihren Armen gehalten, bevor sie ihn... bevor sie... bevor... Bevor sie ihn verloren hatte?

Warum nur?

Warum nur war sie nicht da? Warum nur war sie nicht mehr da?

Warum nur hatte sie ihn fallen gelassen?

Sie liebte ihn doch.

Wie Papa ihn liebte. Er hielt ihn doch sicher in seinen Armen, wie er es immer tat. Es tat jetzt auch nicht mehr so weh.

Warum war nur Mama nicht mehr hier? Sie hatte doch mit ihm auf der Treppe gestanden, als sie sich mit Papa lautstark unterhielt, und dann…

Waren sie beide weg gewesen und da war nur noch dieser Schmerz gewesen, bis Papa da war.

Papa war jetzt wieder da. Er war sich dessen sicher, denn Papa hielt ihn ja sicher in seinen Armen. Mama musste also auch da sein.

Nur war sie es aber nicht!

Da drehte sich Papa mit ihm auf dem Arm plötzlich herum und beugte sich, ihn weiterhin sicher im Arm haltend, zu jemandem herunter.

Die Person lag zusammengekrümmt auf den Boden mit dem Rücken zu ihnen. An einer

Stelle schaute etwas aus der Person heraus und drum herum war alles rot drumrum.

Er hörte, wie Papa sagte: „Nein, nein, nein, nein…"

Immer wieder hörte er Papa immerfort nur „Nein" sagen. Immer trauriger. Immer verzweifelter.

Und dann sah er, wie Papa die Person mit einer Hand behutsam auf den Rücken drehte. Er drehte sie so auf den Rücken, dass sie nicht auf dem Ding, das aus ihr rausguckte, zu liegen kam. Das Ding, was da aus ihr rausguckte, das erinnerte ihn an irgendwas. Er kam aber nicht mehr darauf, was, denn nun sah er das Gesicht der Person.

Und, nein, es war nicht Mama.

Und, ja, es war Mama.

Irgendwie war es ganz komisch. Und irgendwie war es nicht richtig. Und irgendwie war es ganz falsch. Aber es war zu… zu…

Warum schrie er nur so ganz wild? Warum wirkte Papa so ganz anders? Mama war doch da. Oder nicht? Alles war doch gut. Oder nicht?

Vielleicht war es ganz normal, wenn Mama Mama war und zugleich nicht Mama. Vielleicht war dann auch Papa Papa und zugleich nicht Papa. Und es war ganz normal. Und er war dann ebenso er und zugleich auch nicht mehr er. Und es war ebenfalls normal so. Was war er aber dann? War er dann überhaupt noch? Wenn Mama und Papa nicht mehr da waren, dann war doch auch er nicht mehr da. Nicht wahr?

Dann rannte Papa-nicht-Papa mit ihm, der war-und-nicht-war, die Treppe hoch und zurück in die Wohnung. Da hin, wo das Telefon stand.

Mit ihm, der vielleicht war oder auch nicht, auf dem Arm, rief der Mann, der Papa war und vielleicht auch nicht, jemanden an. Dann rannte Papa, der vielleicht auch nicht Papa war, ins Bad und holte einen Kasten und ein Handtuch, während er ihn, der

11

vielleicht war oder auch nicht, gleichzeitig weiterhin sicher im Arm hielt.

Mit ihm, der vielleicht nicht war, dem Kasten und dem großen Handtuch stürzte der Fremde, der sein Papa wohlmöglich war, die Treppe hinunter zur Mama, die wahrscheinlich... nicht mehr war.

Der Junge, der ich gewesen war, begann zu kreischen.

I

Aus Feinden werden Freunde

Gwangnaru. Es hätte so einfach sein können. Anstatt zu helfen, hätte er einfach nur weiterzugehen brauchen. Doch stattdessen nahm er sich ein Herz und stand seinem ärgsten Feind in seiner größten Not bei. Ja, das Gute im Menschen. Das gibt es noch! Und es obsiegt über das Böse! Und das Beste: Aus den erbitterten Feinden scheinen die besten Freunde geworden zu sein. Von unserem Lokalreporter...

Das Gute im Menschen

Er kniete sich neben den auf der Straße liegenden Körper und drehte ihn von der Seite auf den Rücken.

Vor Schreck hätte er sich fast auf seinen Hosenboden gesetzt und zugleich wollte er voller Panik hochspringen, um davonzulaufen.

Doch stattdessen glotzte er wie blöd in das ihm nicht unbekannte Gesicht.

Er war sich nicht schlüssig, was er tun sollte. Am liebsten wäre er einfach davongerannt und hätte diese Person ihrem Schicksal überlassen.

Doch stattdessen starrte er in das Antlitz des bewusstlosen Jungen. Er war wie erstarrt. Vor Schrecken. Oder weil er überwältigt war von der Verantwortung, die er nun auf sich lasten fühlte.

Er wagte einen kurzen Rundumblick. Er schaute die Straße hinunter, die sich im Laternenlicht langsam in der Dunkelheit verlor. Auch beim Blick in die andere Richtung verlor sich alles jenseits des Laternenlichts im Dunkel der Nacht.

Was mochte hier nur passiert sein?

Er schaute wieder auf den bewusstlosen Jugendlichen vor sich. Was war ihm nur passiert?

Doch was es auch gewesen sein mochte, er musste nun was tun. Hilfe holen.

Eigentlich.

Doch stattdessen starrte er weiter unverwandt in dieses so friedlich unfriedliche Gesicht.

Er musste weg.

Eigentlich.

Es war eine zu verlockende Möglichkeit, nein, eine Gelegenheit, nein, eine zu große Chance, die sich ihm da bot.

Er musste nur den Mut aufbringen.

Endlich gelang es ihm, sich aus seiner Starre zu lösen. Er war dabei, sich zu erheben, als der Jugendliche vor ihm einfach so ganz ohne Vorwarnung die Augen aufschlug und ihm direkt und ungeschützt ins Gesicht starrte.

„Was? Du?" sagte der Mitschüler voller schmerzverzerrter Überraschungsenttäuschung.

Und – PLUMPS! – schon saß er auf seinem Hinterteil!

„Was machst du hier?" fragte der Mitschüler mühsam, während er sich aufzurichten versuchte, während er selbst schnellstens den Hintern wieder hochbekam und sich aufzurappeln vermochte, um sich umzudrehen und abzuwenden.

Er machte einen Schritt. Und noch einen Schritt. Und er war dabei, einen dritten Schritt zu tun, doch eine Stimme in seinem Rücken ließ ihn wieder erstarren.

Es war die Stimme des Mitschülers.

„Das ist alles, was du dazu zu sagen hast?“ fragte sie.

Er blieb aufrecht stehen. Doch drehte er sich nicht zur Stimme rum. Stattdessen schaute er auf seine Schuhspitzen.

Es würde vorbeigehen. Das wusste er.

Es würde vorbeigehen. Wie immer. Und dann hätte er seine Ruhe.

Endlich.

Bis zum nächsten Mal.

„Das hast du dir ja wirklich toll ausgedacht. Lässt mich hier einfach so liegen. Ist das dein großer Plan?“ fragte die Stimme.

„Bist du nicht Manns genug, du elende Schwuchtel, es selbst zu erledigen?“ fragte die Stimme in seinem Rücken.

War da was gewesen? Wo war er grad noch gewesen? Hatte jemand was gesagt?

Doch da hörte er plötzlich seine eigene Stimme.

„Warum?" fragte sie.

Die Stimme erschreckte ihn mehr als das Gesicht, in das er nach dem Umdrehen des auf der Straße liegenden Körpers geblickt hatte.

„Warum was?" fragte die Stimme hinter ihm.

„Warum ‚Schwuchtel'?" hörte er seine eigene Stimme weiter fragen. Er konnte einfach nichts dagegen tun.

„Na, weil du *Schwuchtel* eben eine *SCHWUCHTEL* bist. Ist eben, wie's ist", antwortete die Stimme hinter ihm.

„Habe ich jemals behauptet eine zu sein?" hörte er seine eigene Stimme wieder fragen. Zu spät hatte er die Hände vor den Mund geschlagen.

„Gesagt hast du es nicht. Wozu auch? Bist eben eine", antwortete die Stimme hinter ihm unter hörbarer Anstrengung.

„So? Kann man das einer Person einfach so ansehen?"

Er schaffte es einfach nicht, die Fresse zu halten. Dabei war es genau das, worauf diese Typen doch nur hinauswollten. Daran geilten sie sich auf. Dass er einfach nicht den Rand halten konnte.

„In deinem Fall ja. Rechts ein Ohrring. Ich bitte dich. Deutlicher geht's nu wirklich nie nich", antwortete die Stimme schwer atmend.

Oh!

„Rechts ein Ohrring bedeutet schwul?"

IDIOT!!

Für einen Moment war es nicht ganz klar, um was es sich bei dem Geräusch hinter ihm handelte. Doch nur allzu schnell schälte sich aus dem Schmerz ein Lachen heraus: „Jetzt verscheißerst du mich aber", sagte die Stimme lachend.

Ihm war nicht klar, welche Körpersignale sein abgewandter Rücken aussandte, aber die Stimme in seinem Rücken klang wirklich überrascht: „Ach, du Scheiße! Du meinst das wirklich im Ernst?"

Da war er mit einem Mal bei ihm und hielt ihm die rechte Hand vors Gesicht: „ Ich verscheißer dich nicht. Das hier ist mein voller Ernst. Das ist dein Blut auf meiner Hand. Dein ganzes T-Shirt ist vorne voller Blut. Ich weiß nicht, was genau es zu bedeuten hat, aber es sieht echt scheiße aus!" entfuhr es ihm. Einfach so.

Und er fühlte sich nicht einmal schlecht dabei.

Und auch nicht danach.

Die vor ihm liegende Person starrte auf seine Hand. Die Laterne spendete nicht viel Licht, aber das Blut war klar und deutlich und rot zu sehen.

„Ich geh jetzt", sagte er, stand wieder auf und drehte sich wieder rum und machte wieder einen Schritt. Und noch einen. Und…

„Warte!", krächzte da die Stimme in seinem Rücken. „Bitte…"

Er blieb stehen.

„Ich weiß, wir waren nicht nett zu dir. Aber woher sollten wir denn auch wissen, dass du nicht wusstest, was ein Ohrring rechts bedeutet?"

„Ihr hättet mich fragen können!" rief er da wütend, den Tränen nahe.

„Wozu hätten wir fragen sollen, wenn…", begann die Stimme in seinem Rücken.

Er vollendete den Schritt und setzte zum nächsten an.

„Ja, ja. Schon gut. Du hast ja Recht. Wir haben nicht gefragt. Es ist unsere Schuld. Wir hätten dich fragen sollen. Aber wenn du mich jetzt hier liegen lässt, werden es die anderen nie erfahren. Sie werden nie die Wahrheit erfahren. Und sie werden dich weiter fertig machen, auch wenn ich nicht mehr da bin."

„Ich kann ihnen die Wahrheit sagen!" rief er voller Zorn. „Dann wissen sie es endlich!"

„Sie werden dir nicht glauben", sagte die Stimme hinter ihm. „Warum sollten sie einer Schwuchtel wie dir glauben?"

„Aber sie müssen mir glauben. Es ist die Wahrheit." Er musste schlucken.

„Wer glaubt denn schon der Wahrheit? Aber mir, mir werden sie glauben", sagte die Stimme in seinem Rücken.

„Was gibt es einem Toten schon zu glauben?" fragte er mit einem eisigen Zynismus, der ihn selbst überraschte.

„Bitte! Was nützt dir heute Nacht ein Moment des Triumphs, wenn es gleich morgen früh mit der alten Leier weitergeht? Hilf mir und ich helfe dir!"

Wurde die Stimme in seinem Rücken schwächer? Hörte er da etwa wirklich Angst heraus?

Doch er drehte sich nicht um.

„Warum sollte ich dir glauben?" fragte er, obwohl er schon wusste, dass der andere ihn in der Hand hatte.

„Weil ich alles zu verlieren habe: mein Leben, meine Zukunft, mein Erbe. Ich bin nicht in deiner Position. Du hast nichts zu verlieren, aber dafür etwas zu gewinnen: die Chance auf ein anderes Leben", antwortete die Stimme in seinem Rücken leise, aber bestimmt.

Und ohne Falsch.

Er drehte sich um.

Es wäre schön gewesen, hätte es der Wahrheit entsprochen, dass es ihn nicht überraschte. Aber es tat es doch, obwohl er es natürlich besser hätte wissen müssen. Vielleicht lag es an der Plötzlichkeit, nachdem sie ihn fast ein Vierteljahr in Ruhe gelassen hatten. Ja, das musste es sein.

Sie hatten ihn überrascht. Und die Überraschung war ihnen vollauf gelungen.

Aber vielleicht war es auch nur der Schmerz. Der körperliche Schmerz.

So weit waren sie zuvor nie gegangen.

Und schon war er zu Boden gegangen und hielt sich den Bauch. Vor Schmerzen gekrümmt lag er da. Umringt von den üblichen Verdächtigen.

Und schon trat er aus dem Kreis heraus und vor ihn hin: „Na, auf dem Heimweg von dem Schäferstündchen mit deinem Liebsten, du schwules Stück Scheiße?" fragte die Person vor ihm mit zuckersüßer Stimme.

Er schaute zu ihm hoch: „Warum?" fragte er vor Schmerzen keuchend.

„Warum was?" kam es zurück.

„Du hast versprochen, ihnen die Wahrheit zu sagen."

Und kaum hatte er es gesagt, hätte er es am liebsten wieder zurückgenommen. Ihm war schon, während er es sagte, klar, was für ein Fehler es war.

„Welche Wahrheit denn? Dass du ein Arschficker bist? Aber wozu denn? Die Wahrheit ist doch für alle offensichtlich", kam es zurück mit einem Fußtritt voll in die Seite.

Der Schmerz durchzuckte ihn.

Und eine Erkenntnis.

Er konnte gar nichts dagegen tun: Ein breites Grinsen breitete sich auf seinem schmerzverzerrten Gesicht aus, das sich schließlich in ein lautes Lachen ergoss.

„Was ist denn da so komisch, bitte schön?" fragte die Gestalt vor ihm.

„Ja, ist das denn nicht offensichtlich?" kam es von ihm zwischen Lachen und Schmerz zurück.

Darauf blieb es für einige Zeit stumm, bis einer derjenigen, die sie umringten, auflachte.

„Was gibt's denn da zu lachen?" fauchte die Gestalt vor ihm in die Runde, bevor sie sich wieder ihm zuwandte, der immer noch lachte.

Immer noch.

„Wer zuletzt lacht…", begann er und verspürte dann den Tritt in den Unterleib, der ihm den Atem raubte.

„… lacht am besten, genau!" sagte die Gestalt vor ihm und lachte laut: „Ha! Ha! Ha!"

Immer wieder.

Und ein Tritt traf voll gegen seinen Kopf, so dass er ein Meer von Sternen vor seinen Augen sah.

Als er wieder die Welt um sich herum sehen konnte, sah er den Stiefel erneut auf seinen Kopf zurasen, während die Gestalt im Hintergrund zischte: „Du elender Wichser wolltest ja nur als Held in die Zeitung. Deine 15 Minuten Ruhm sind aber längst wieder vorbei. Hier schon einmal ein Vorgeschmack auf den Rest deines Lebens!"

II

Der Liebe eine Chance

Gwangnaru. Waren wir alle nicht einmal jung? Glaubten wir nicht alle einmal an die große Liebe? An die Liebe auf den ersten Blick? Bevor uns Erfahrungen, Alltag und Alter zu zynischen Ungläubigen in Sachen Liebe werden ließen, was mit der Erkenntnis einherging, dass Liebe NICHTS ANDERES als eine Erfindung der Werbeindustrie ist? – Ja, so mag es sein, nein, so ist es! Unzweifelhaft! Aber dann kommt es zu Begegnungen, die einen an altvertraut gewordenen Gewissheiten zweifeln lassen. So erging es dem Verfasser dieser Zeilen jedenfalls heute in der U-Bahn, wo er einer jungen Frau und einem jungen Mann beim Glück der Liebe auf den ersten Blick beiwohnen zu dürfen die Ehre hatte. Und dieses alltäglich-außergewöhnliche Ereignis brachte alte Gewissheiten nicht nur zum Wanken, sondern gleich zum krachenden Einsturz. Und so fordert der Verfasser dieser Zeilen hier und jetzt nichts weniger als dieses: Gebt der Liebe wieder eine Chance! Ein Kommentar von...

33

Liebe auf den ersten Blick

Bildete er sich das nur ein oder wurde sie von dem Kerl neben ihr wahrhaftig bedrängt? Zumindest machte es den Eindruck auf ihn, dass sie da so ziemlich eingezwängt neben einem Typen saß und ein ziemlich unglückliches Gesicht machte. Also improvisierte er kurzentschlossen.

„Da bist du ja, Schatz", sagt er zu ihr und hatte sie im nächsten Moment schon bei der Hand genommen und aus der Vierergruppe hinaus auf den Gang der Bahn gezogen.

Ohne zurückzuschauen, rannte er mit ihr bis zur nächsten offenen Tür der Bahn. Gerade so eben schlüpfte er mit ihr durch die sich schließenden Türen hinaus auf den Bahnsteig, wo er sie wie zur freudigen Begrüßung in seine Arme schloss, während er einen Blick zu den Türen der Bahn warf, hinter dessen Fenstern der Typ zu sehen war, wie er, ohne etwas tun zu können, auf die beiden starrte, derweil die Bahn sich zuerst langsam und dann immer schneller werdend in Bewegung setzte und sich von ihnen mehr und mehr entfernte.

Doch war die Bahn nicht das Einzige in Bewegung.

„Entschuldigung", sagte er und wollte sich rasch von ihr lösen. Wie unprofessionell von ihm.

Doch sie schloss ihn noch fester in ihre Arme und presste ihren Unterleib fest gegen den seinen.

„Dir braucht es nicht leid zu tun, gehört es doch zum Spiel", sagte sie mit einem Lächeln in der Stimme, bevor sie ihm mit heißem Atem leise ins Ohr hauchte: „Ich fühle mich geschmeichelt."

Doch dann löste sie sich plötzlich unvermittelt, ließ seine Hände aber nicht los: „Und was nun, mein edler Pi… äh… Prinz?"

„Schon gefrühstückt?" fragte er.

Sie schüttelte den Kopf. Lächelnd schlug er daraufhin den Weg zum besten Café ein, das er in diesem Teil der Stadt kannte. Welch Glück, dass sie hier ausgestiegen waren. Und wie einfach es war, sie an der Hand zu halten und anzulächeln. Wer hätte das für möglich gehalten?

Im Café überließ er ihr die Sitzwahl. Sie suchte sich einen Platz im Eingangsbereich mit toller Sicht auf die Altstadt aus.

Doch als er sich ihr gegenübersetzen wollte, machte sie ein Gesicht und schüttelte den Kopf.

„Stimmt was nicht?" fragte er.

Sie stand auf: „Komm her", sagte sie.

Er umrundete den Tisch, bis er vor ihr stand, worauf sie ihre Hände auf seine Schultern legte und ihn in den Sessel drückte, um es sich anschließend auf seinem Schoß bequem zu machen.

Nicht, dass es ihm nicht gefallen hätte, doch setzte sich wieder etwas in Bewegung. Er wurde unruhig, woraufhin sie ihre Arme um seine Schultern legte und ihm mit noch heißerem Atem ins Ohr flüsterte: „Ich fühle mich so geehrt, dass du mich willst."

Dann schaute sie grinsend zur Bedienung, die langsam herangeschlürft kam, und sie bestellte das Frühstück für sie beide.

Das Frühstück verbrachte sie auf seinem Schoß, von dem aus sie ihn fütterte und sich von ihm füttern ließ. Dabei kamen sich ihre Lippen zuweilen recht nahe. Doch immer kurz bevor es hätte geschehen können, wich sie ihm spielerisch-aufreißerisch-verführrerisch (er war sich nicht sicher, was genau es war) aus oder stopfte ihm etwas zu essen in den Mund. Einmal war es auch ihr Finger, während sie gleichzeitig seinen mit Nutella verschmierten Finger in ihren Mund steckte und genüsslich daran leckte und nuckelte und saugte.

Schließlich war aber alles abgeschleckt und runtergeschluckt und sie fragte: „Was nun? Die Uni können wir für heute fi… äh… knicken, oder?"

„Wie wär's mit einem Spaziergang am Kanal?" fragte er, worauf sie nickte und seine Hand ergriff. Auch sie kannte den Weg von hier zum Kanal und führte ihn zielsicher hin.

Zu dieser Wochen- und Tageszeit waren nur wenige Leute am Kanal. Es gab vereinzelte Rentner, die ihre Hunde Gassi führten und auch einige vereinzelte Radfahrer und sogar einen Jogger. Ansonsten waren aber nur Enten unterwegs. Und eben sie beide.

Hand in Hand schlenderten sie den Weg am Kanal entlang, wobei sie sich von Zeit zu Zeit lächelnd anschauten und wobei sich ihre Gesichter auch einige Male recht nahe kamen. Doch im letzten Augenblick scherte sie dann immer wieder schüchtern nach links oder rechts aus, bis sie ihn dann auf einmal mitten auf dem Weg fest in ihre Arme schloss und das Gesicht in seine Schulter vergrub.

Fest presste sie ihn an sich und sich an ihn. Er ließ es zu.

Da riss sie sich aber auch schon wieder von ihm los, ergriff seine Hand und steuerte auf die nächste Bank zu, wo sie sich niedersetzte und ihn auf ihren Schoß zog, wo er mit dem Rücken zu ihr zu sitzen kam. Sie schloss die Arme um seinen Bauch und zog ihn zu sich ran, bis sich ihre Brüste fest an ihn pressten. Sie legte ihr Kinn auf seine Schulter und tröpfelte ihm siedend heiß ins Ohr: „Kannst du sie spüren, meine harten Nippel? Ich bin so hart wie du! Wäre ich ein richtiger Kerl, hätte ich dir schon längst dein Röckchen hochgezogen und es dir mit meinem Prügel, dem geilen Totschläger, so ficktich besorgt. Wir würden schon längst Hoppe-hoppe-Reiter-wenn-er-auf-ihn-fällt-dann-schluckt-er-geil-vor-Schmerzen-und-schreit spielen."

Er drehte den Kopf kurz in ihre Richtung und schaute ihr in die Augen. Er sah kein Falsch darin. Nur eine Sehnsucht, die er nicht verstand.

Er schaute wieder geradeaus und genoss, sie zu spüren, während sie beide schweigend auf den Kanal schauten, bis sie unfeierlich verkündete: „Meine Beine sind eingeschlafen."

Sie schubste ihn von ihrem Schoß.

Es brauchte dann eine Weile, bis sie wieder Leben in ihre Beine gebracht hatte. Dann schaute sie ihn erwartungsvoll an: „Und nun?"

„Wie wäre es mit Mittagessen?" fragte er.

„Eine richtige, volle Mahlzeit? Dafür bin ich noch zu voll vom Frühstück. Aber gegen eine Kleinigkeit für den kleinen Hunger zwischendurch hätte ich nichts einzuwenden", antwortete sie. „Für einen Fi... äh... Quickie bin ich immer zu haben."

Und so gingen sie in die nächste Bäckerei, wo jeder sich ein Teilchen bestellte, welches dann an den jeweils anderen vor der Bäckerei verfüttert wurde.

„Sicherlich denkst du jetzt, dass man mit Speck Mäuse fängt", sagte sie, nachdem sie einen Bissen, den er ihr hingehalten hatte, kunstvollfertig verschlungen hatte. „Aber", fuhr sie fort, als er unbeholfen nach einem Bissen schnappte, den sie ihm hinhielt, „du weißt, wie es dem weißen Hai ergangen ist. Er dachte, dass er nun in ein aus allen Poren blutendes, saftiges Stück Fleisch beißen würde. Und schon saß er – schwupps! – in der Mausefalle."

Er schaute sie ernst an: „Das ist aber nicht nett, weder auf mich noch auf dich bezogen."

„Bin ich denn etwa kein blutendes Stück Fleisch?" fragte sie in einer Art und Weise und in einem Tonfall, dass er nicht wusste, wie er reagieren sollte.

„Muss man das so sehen? Warum kann man es nicht anders sehen?" fragte er.

„Wie denn?" fragte sie. „Man könnte höchstens die Blickrichtung ändern und fragen: „Wer opfert den blutenden Fetzen Fleisch dem Hai und wozu?"

„Das kann man durchaus so sehen. Die Frage sollte gestellt werden. Warum wird die Frau für die Tötung des männlichen

Prinzips geopfert? Aber darum geht es mir nicht. Mir geht es um dich. Was willst du?"

Sie schaute ihn für einen Augenblick voller Ernst an, bevor sie spielend verzweifelt die Augen verdrehte: „Was kann ich nur wollen? Unterhaltung? Schokolade zum Frühstück?"

„Ah, ich verstehe. Kino?" fragte er zurück.

„Du bist ein Schatz. Ein richtiger Frauenversteher bist du. Einfach goldig", sagte sie und lächelte ihn an.

Im Kino saßen sie Hand in Hand nebeneinander. Sie folgte dem Film hochkonzentriert, nur hier und da wandte sie sich ihm zu, um ihn anzulächeln. Manchmal kamen sich ihre Gesichter dabei auch sehr, sehr nahe. Doch immer kurz bevor sich ihre Lippen treffen konnten, drehte sie ihr Gesicht weg oder vergrub es in seine Schulter.

„Um dich zu inhalieren", wie sie ihm einmal kurz zuflüsterte, als auf der Leinwand vor ihnen gerade nichts passierte.

Als der Film vorbei war und sie wieder draußen auf der Straße standen, schaute sie ihn an. „Nun bin ich nach so viel Schokolade, die mir da so vorgefressen wurde, doch arg hungrig, und zwar nach einem ordentlichen Stück Fleisch mit viel Saft. Wie wär's?"

Da er genau das richtige Restaurant für diese Gelegenheit wusste, führte er sie dahin.

Und ein total sympathischer Kellner führte sie dann zu einem der besten Tische im Lokal, an dem sie einander gegenüber Platz nahmen.

Nachdem sie bestellt hatten, legte sie ihre Hand auf den Tisch und sagte: „Gib mir deine Hand!"

„Du fragst um meine Hand?" bemerkte er lächelnd, während er ihr den Gefallen tat. Er legte seine Hand in die ihre und so warteten sie mit ineinander versinkenden Blicken auf das Essen, über das sie gnadenlos herfiel, kaum war es ihr kredenzt worden.

Er schaute ihr leicht belustigt zu, während er selber langsam und mit Genuss Bissen für Bissen zu sich nahm, derweil sie einem Tornado gleich über ihren Teller fegte.

So hatte er noch nicht einmal die Hälfte geschafft, als sie den leergefegten Teller satt und zufrieden von sich schob: „Das war wahrhaft köstlich, wenn man der Sauce auch noch etwas hätte antun können. Nicht sämig genug."

„Beizeiten werde ich Ihnen mein Rezept zukommen lassen. Es freut mich aber, dass es Ihnen insgesamt gemundet hat", sagte er, worauf sie zuerst in die Richtung glotzte, wo sie seinen Totmacher vermutete, um dann ungeniert auf seinen Teller zu starren: „Noch Hunger?" fragte er.

„Verzeih, dass ich so schnell war", sagte sie.

„So lange es dir geschmeckt hat. Das ist doch das Wichtigste", erwiderte er lächelnd.

„Ja, das hat es. Schmeckt es dir auch?" fragte sie. „Wie wär's noch mit etwas Milch im Tee?"

„Es schmeckt so, danke", antwortete er, worauf sie erwiderte: „Also doch mehr dem männlichem Prinzip zugeneigt", worauf er nichts erwiderte.

Für eine Weile schwiegen sie beide, bis er etwas spürte. Er wollte sich zwar nichts anmerken lassen, doch fiel es ihm mit der Zeit immer schwerer, sich auf das Essen vor ihm zu konzentrieren und nicht auf ihre Nippel zu starren, die sich deutlich und hart unter ihrem hautengen T-Shirt abzeichneten, unter dem sie keinen BH trug. Ihre festen, wohlgeformten Brüste in der genau richtigen Größe hypnotisierten ihn geradezu.

„Ist es so nicht viel schärfer?" hörte er sie fragen.

In gewisser Weise hatte sie nicht Unrecht. In gewisser Weise hätte er es sich aber anders gewünscht. Nicht hier. Nicht jetzt. Nicht so plump.

„Entschuldige", sagte er und stand auf. „Ich geh nur schnell zur Toilette."

Ihr „Soll ich mir dir kommen?" hörte er schon nicht mehr, so schnell war er außerhalb ihrer Reichweite.

In der Toilette stellte er sich vor das Waschbecken. Er drehte das Wasser auf und hielt sein Gesicht unter den Wasserstrahl. In den Spiegel über dem Waschbecken traute er nicht zu schauen.

Er war gerade dabei, sein Gesicht mit Papiertüchern abzutrocknen, als die Tür zur Herren-Toilette aufging und sie hereinkam. Rasch schaute sie sich um, ob die Luft rein war, und packte dann ihn, der noch völlig überrascht war, an der Hose und zerrte ihn in eine der Kabinen, wo sie ihn aufs geöffnete Klosett setzte und die Kabinentür hinter ihnen schloss.

Sie zog ihren Minirock hoch und wisperte: „Oh! Mein Gott! Mein Höschen! Ist!! Ganz!!! Nass!!!!"

Sie setzte sich auf seine gespreizten Beine und pisste durch ihren Schlüpfer. Dann steckte sie einen Finger hinein, zog ihn wieder heraus und steckte ihn in seinen Mund.

Er wusste nicht, wie ihm geschah.

„Kannst du sie nicht schmecken, meine sämige Sauce der Geilheit?" fragte sie. Dann stöhnte sie: „Ich kann dich spüren, wie du aus deiner Gefangenschaft ausbrechen und mich hart und immer härter werdend penetrieren und durchlöchern willst wie einen fauligen Käse. Ich spüre doch, wie du immer heftiger aufbegehrst und gegen das Tor rammelnd rammst, du Oberrammlerhammer!"

Und da geschah es.

Da geschah es, dass er aufsprang, sie am Hals packte, sie gegen die Klotür nagelte und ihr den Schlüpfer runterriss.

Und prompt eine gescheuert bekam!

„Ja, bist du denn scheiße inna Birne?" schrie sie ihn an und stieß ihn von sich runter und von sich fort. Sie zog den Schlüpfer überhastet wieder hoch und den derangierten Minirock wieder runter.

Vor Wut zitternd riss sie die Klotür auf und stürmte hinaus.

Er blieb verdattert und wie überfahren zurück.

Erst als er seine Sinne wieder einigermaßen beisammen hatte, merkte er, dass er gekommen war.

Als er nach einiger Zeit zurück ins Restaurant kam, war von ihr nichts mehr zu sehen. Beschämt ließ er sich das verbliebene Essen einpacken und zahlte. Beschämt verließ er das Lokal und lief den ganzen weiten Weg nach Hause in völliger Dunkelheit vereinsamt zurück.

In der Nacht träumte er von der Szene in der Toilette des Restaurants. Doch statt sich einzupinkeln, schlitzte sie sich den Oberkörper der Länge nach auf und ihr Inneres ergoss sich über ihn. Er erwachte mit einem Ständer so hart, dass es schmerzte.

Es war gut zwei Wochen später, als er in der Mensa mit seinem beladenen Tablett an einem Tisch vorbeikam. Zufällig sah die Person, die an dem Tisch saß, genau in diesem Augenblick hoch.

Ihre Blicke trafen sich.

Und seiner ging durch ihren ohne Widerstand hindurch. Und ohne seine Schritte auch nur um eine Spur zu verlangsamen, ging er einfach so weiter, als hätte ihre Stimme ihn nicht zum Halten gebracht: „Bitte warte!"

Er blieb im Laufen stehen, ohne stehen zu bleiben: „Ja?" fragte er. „Warum?"

„Wir sitzen in der gleichen Vorlesung. Du hast mich bisher aber nicht wahrgenommen, weil ich immer nach dir komme und hinter dir sitze. Ich weiß, dass du alles verstehst, was der Prof da vorne so von sich gibt. Kannst du mir helfen, es auch zu verstehen?"

„Wann und wo?" fragte er.

„Nach der Vorlesung heute? In der UB?" fragte sie zurück.

„Da habe ich keine Zeit. Außerdem ist die Bibliothek kein idealer Ort. Zu viele Bücher, zu viel Ablenkung", antwortete er.

Für einen Moment war sie sprachlos, wusste nicht weiter im Text.

Er war schon fast außer Reichweite, als sie sagte: „Warte! Wie wäre es heute Abend bei mir?"

„Wo wohnst du?" fragte er, worauf sie ihm den Namen ihres Studentenwohnheims nannte, woraufhin er ihr eine Uhrzeit sagte.

Sie nickte und er entschwand außerhalb ihrer Reichweite, wo er sich an einen leeren Tisch setzte.

Als er dann pünktlich am Abend vor ihrem Wohnheim auftauchte, hatte sie schon vor dessen Eingang einige Zeit auf ihn gewartet, da sie es allein in ihrem Zimmer nicht mehr ausgehalten hatte, wovon sie ihm bei der Begrüßung aber nichts wissen ließ.

Stumm führte sie ihn auf ihr Zimmer, das über eine winzige Kochnische und ein kleines Bad verfügte. Das Zimmer selber war auch nicht gerade groß, aber auch nicht allzu klein. Es hatte ausreichend Platz für ein Bett und einen Schreibtisch, vor dem jetzt zwei Stühle standen und auf sie warteten.

Nachdem sie seine Jacke auf einen Bügel gehängt hatte, setzten sie sich an den Schreibtisch und arbeiteten konzentriert zwei Stunden das Material der Vorlesungen durch, bis sie sich entschuldigte. Sie müsse klein für große Mädchen, wie sie sich ausdrückte. Da ihm eine kurze Pause ganz recht war, machte es ihm nichts aus.

Doch die kurze Pause zog sich in die Länge. Er wurde ungeduldig und stand auf. Er trat an ein Regal heran und schaute, welche Bücher sie dort stehen hatte, bis er die Toilettentür in seinem Rücken sich öffnen hörte. Er drehte sich um.

„Es tut mir so leid, wie ich dich behandelt habe. Ich habe dich wirklich gewollt an dem Tag. Ich weiß nicht, was in mich gefahren ist. Bitte verzeih mir und nimm mich hier und jetzt", sagte sie, während sie lächelnd auf ihn zukam.

Er wandte sich von ihr ab und dem Schreibtisch zu. Er griff nach seinen Sachen und packte sie in seine Tasche. Dabei sagte er, ohne sie auch nur eines Blickes zu würdigen: „Das ist ein Zitat. Du zitierst."

„Tue ich das?" fragte sie und war schon ganz nahe.

„Die Szene mit dem Sprühsahnenbikini aus dem Film *Varsity Blues*", antwortete er.

„Und? Hat's geschmeckt? Ich wusste gar nicht, dass du Pornos guckst", sagte sie und stand nun direkt hinter ihm.

„Darcy Sears gelangte damit nicht zum Ziel, wenn es das ist, was du meinst", antwortete er.

Sie nahm seine Hand und zwang ihn, sich zu ihr umzudrehen: „Magst du denn keine Sahne?" fragte sie.

„Ich mag es sämig", fuhr sie fort, ohne eine Antwort abzuwarten, und legte seine Hand auf ihre Brust und bewegte sie: „Ja, so ist es gut", seufzte sie und führte seine Hand dann immer tiefer, streichelte ihre Fotze damit und steckte dann seine Finger hinein und begann sie rhythmisch darin zu bewegen, während sie den Reißverschluss seiner Hose öffnete und hineingriff, um ihn zu manipulieren.

„Besorg es mir doch endlich richtig", wisperte sie vor Lust aufstöhnend. „Friss mich auf! Schlachte mich ab! Trink Blut aus meiner Vagina!"

Ungerührt zog er seine Hand aus ihrer Fotze und dann ihre Hand aus seiner Hose. Er griff nach seiner Tasche und ließ sie dann einfach so da stehen.

Sie wusste für einen Moment nicht, wie ihr geschah. Doch dann eilte sie ihm hinterdrein und hatte ihn eingeholt, als er gerade seine Hand auf die Türklinke legen wollte, um ihre Zimmertür zu öffnen. Sie schlang die Arme um ihn und presste sich ganz feste an ihn: „Bitte verlass mich nicht", sagte sie flehentlich, fast weinerlich.

Er antwortete zunächst nichts darauf. Dann aber fragte er: „Warum?"

„Ich wollte ja. Ich war so notgeil auf dich, mochte es auch nur ein Spiel gewesen sein, dass du mich an dem Tag wirklich hättest notschlachten müssen. Aber dann fiel mir ein, dass ich die Pille am Morgen zu nehmen vergessen hatte. Mit Kondom wollte ich nicht. Ich muss dich spüren. Ganz tief in meinem Innen in mir drinnen", antwortete sie.

„Warum?" fragte er noch einmal.

„Ich brauche dich. Ich bin so einsam. Ich bin ganz leer. Füll mich ab mit deinem Samen, bis ich platze", antwortete sie. „Oder nein. Füll mich mit deinem Sein. Erfülle mich. Gib mir endlich Sinn", ergänzte sie dann noch nach einem Moment des Nachdenkens. „Bitte! Ich bin nichts mehr ohne dich!"

Für einige Zeit verharrte er. Ja, er lehnte sich sogar zurück.

Doch dann löste er sich aus ihrer Umarmung, öffnete die Zimmertür, schritt durch sie hindurch und schloss sie hinter sich, ohne sie auch nur einmal noch angeschaut zu haben.

Er ging aber nicht sofort zum Fahrstuhl. Und so hörte er, wie sie sich zuerst auf ihre Knie fallen ließ, um sich dann gegen die Tür fallen zu lassen, um ihren Tränen freien Lauf zu lassen.

Sie weinte hart. Ihre Schluchzer schüttelten und rüttelten sie durch und durch.

Er stand vor ihrer Tür und horchte. Er hörte ihr zu, bis er sich abwandte und über das Treppenhaus nach unten zum Eingang des Studentenwohnheims ging.

Als er ins Freie getreten war, sah er, dass vor dem Eingang ein Auto stand, gegen das ein Mann lehnte, der, sobald er ihn erblickt hatte, zu ihm kam.

Es war der Typ aus der Bahn!

Hastig hielt er nach einer Fluchtmöglichkeit Ausschau. Doch da stand der Typ schon vor ihm und es gab kein Entrinnen mehr: „Es war nicht einfach, dich aufzuspüren. Es hat mich einiges an Zeit gekostet. Nun habe ich dich aber endlich gefunden", sagte der Mann vor ihm, während er immer noch überlegte, wie er ihm wohl am besten entwischen könnte.

Doch der Typ, der in seinem Alter zu sein schien, schien seine Gedanken lesen zu können: „Ich will dir nichts. Wenn ich mich dafür hätte rächen wollen, dass du mir meine Beute weggeschnappt hast, hättest du gar nichts bemerkt, bis es zu spät gewesen wäre. Mich hättest du nie gesehen. Von daher: KEINE PANIK AUF DER TITANIC! Ich bin nur hier, um mit dir zu reden", sagte der nicht unsympathische Typ und zeigte dann auf den Wagen: „Und ich bin hier, um dir eine Mitfahrgelegenheit nach Hause anzubieten. Geht viel schneller damit als mit Bus und Bahn."

Nach einem Moment des Abwägens von Für und Wider nickte er dem Mann zu und folgte ihm zu dessen Wagen, wo er sich zunächst von der Sprühsahne säuberte, bevor er sich auf den Beifahrersitz setzte, während der Mann hinter dem Lenkrad Platz nahm.

Kaum hatte der Mann den Wagen angelassen, sagte er: „Weißt du, warum ich dich so schnell gefunden habe? Weil wir uns kennen."

Er sah den Mann an, erwiderte aber nichts.

„Ich war unter denjenigen, die dich damals nach deiner Rettungstat vermöbelt haben.

Ich war derjenige, der gelacht hat und später deswegen zur Strafe dazu verdonnert wurde, den Notarzt zu rufen. Aber eine Strafe war es eigentlich nicht. Er hatte es ja auch nicht wirklich böse gemeint. Kinder, Teenager – alles Monster. Es ist einfach so. Aber das weißt du ja. Und du weißt auch, dass Erwachsene ebenfalls Monster sind. Was damals in der Schule passiert ist, lass es dir eine Lehre sein und vergiss sie niemals. Und ja: Wende die Lehre weise an. Wie gesagt: Wir sind alle Monster. Lass aber eine Chance nicht ungenutzt verstreichen, wie du es jetzt vorzuhaben scheinst. Mann, ich kann ihr Fickloch an deinen Fotfingern bis hier riechen! Welch köstliches Aroma. Dabei war schon die Aktion in der Bahn wirklich der Hammer! Meinen Respekt und ein weiterer Grund, warum ich dir nichts tu. Zerstör aber nicht leichtfertig, was du dir so mühsam aufgebaut hast, nur weil sie noch meint, sich dank ihrer Privilegien, die da sind: Jugend und Schönheit, alles leisten und erlauben zu können. Du weißt doch wie sie zu behandeln sind, wenn sie noch so jung sind. Zugeritten werden müssen sie, diese divenhaften Biester. Diese durch und durch unsicheren Biester müssen gezähmt werden, wenn aus ihnen fügsame Engel und Mütter werden sollen!"

Der Wagen stoppte abrupt.

„So. Da sind wir aber auch schon bei dir angekommen. War schön, dich mal wieder gesehen zu haben. Und vergiss nicht: Nimm dir die Chance, wenn sie sich dir bietet. Sie liebt dich, weißt du? Sie steht sich halt nur selbst im Weg. Wie sie es halt immer tun. Aus dem Staub machen, kannst du dich zur Not später ja immer noch, denn

indeed

people die

and vampires

don't", sang der Mann beschwingt. „Vergiss das nie!"

Er schaute den nicht unsympathischen Mann für längere Zeit unbestimmt an. Dann stieg er aus und schlug die Tür des Wagens zu: „Versprochen!"

„In diesem Sinne: Man sieht sich!" erwiderte der Mann daraufhin lachend durch das geöffnete Fenster zum Abschied und gab Gas.

Der Wagen brauste davon und wurde schnell von der Dunkelheit der Nacht verschluckt.

III

Ein Angriff auf uns alle

Gwangnaru. Alles hätte so schön sein können. Jedoch keiner auf dem heutigen Bürgerforum unserer Kommune, bei dem sich sogar hochrangiger Besuch aus der Hauptstadt beim Finden einer Lösung für das Problem, welches uns allen unter den Nägeln brennt und uns schlaflose Nächte bereitet, beteiligte, sah es kommen. Ein heimtückischer Angriff aus dem Nichts eines verwirrten Einzeltäters auf den Moderator brachte alle Bemühungen um eine konstruktive, alle Seiten einbindende Lösung zu einem plötzlichen Ende! – „Ein Angriff auf unsere Presse ist nicht nur ein Angriff auf unsere Pressefreiheit, sondern auch ein Angriff auf unser Gemeinweisen", sagte der anwesende Besuch aus der Hauptstadt auf einer eiligst nach dem Attentat einberufenen Pressekonferenz. Ein Bericht von…

Heimtücke

Er wusste genau, warum er hier war. Er wusste nur nicht genau, welchen Umständen und welcher Fügung des Schicksals er es zu verdanken hatte, dass er sich nun genau hier auf dem Podium wiederfand, den Teilnehmern der Diskussion ganz nahe, so dass er im wahrsten Sinne des Wortes buchstäblich die Podiumsdiskussion hautnah mitverfolgen konnte.

Es handelte sich um eine Angelegenheit von lokaler Bedeutung, so dass neben der stadtbekannten Lokalpolitikergröße auch ein Vertreter der Bürgerinitiative vertreten war und sozusagen die Oppositionsrolle übernahm. Weil aber die Lokalpolitikergröße beste Beziehungen bis in die Hauptstadt hatte und weil das Lokalereignis Signalcharakter über die Stadtgrenzen hinaus entfalten konnte, wenn man die Sache denn richtig aufzog, war zu seiner Unterstützung ein namhafter Hauptstadtpolitiker erschienen. Und der Lokalreporter, der den Moderator der

Veranstaltung geben durfte, war ganz verliebt in die Chance, auf kleiner Bühne groß zu glänzen.

Wie er da hineingeraten war und was er dabei überhaupt genau zu suchen hatte, blieb ihm ein Rätsel, denn er konnte sich keinen Reim auf das machen, was gesagt wurde. Nicht, dass er mit der Materie nicht vertraut war. Es ergab alles nur keinen Sinn, was gesagt wurde. Es hatte mit der eigentlichen Sache, wegen der er hier war, nichts zu tun.

Dennoch folgte er den Ausführungen hochkonzentriert und achtete sowohl auf den Inhalt des Gesagten wie auch auf Tonfall, Gestik und Mimik der Sprecher. Er war ganz bei der Sache, was es darum auch so frustrierend machte.

Der Provinzfürst kam zwar nicht so zum Zuge, wie er es sonst bei Heimspielen gewohnt war, aber um seine Sache voranzubringen, war nun mal die Metropolprominenz hier. Und warum sollte sie dann nicht der Star der heutigen

Veranstaltung sein? So kam es, dass sich die Debatte zu einem Ballwechsel zwischen dem Werbeblattschreiberling und dem Großstadtgernegroß entwickelte, bei dem der Vertreter der Bürgerinitiative noch nicht einmal als Balljunge eine Chance bekam.

Er beobachte die Inszenierung mit wachsendem Unbehagen, insbesondere die unwissenden Fragen des Käseblattausträgers irritierten ihn zusehends. Sie dienten nicht dem Herausfinden unbekannter Sachverhalte, ja, noch nicht einmal der Erhellung im Dunkeln befindlicher Sachverhalte. Sie dienten einzig und allein der Verschleierung und der Ablenkung. Zwar waren die Antworten des Politprofis aus dem Zentrum der Macht eine noch viel größere Ablenkung, aber dafür zu sorgen, gehörte zu seinem Job. Zum Job eines Journalisten gehörte es jedoch nicht!

Je länger sich das Spektakel der Show hinzog, desto kürzer wurden schließlich die Fragen, während die Antworten sich immer mehr in die Länge zogen. Und immer ausufernder wurden. Und immer nichtssagender.

„Tja-ha, das ist fürwahr und wahrhaftig und ohne Zweifel eine der Fragen, denen bei genauer Betrachtung der konkreten Umstände in jedem Einzelfall eine unschätzbare Bedeutung für die Beantwortung von Fragen allgemeinen Charakters zukommt, wobei natürlich auch nicht übersehen werden darf, dass, bei exakter Konkretisierung der Fragestellung, man nicht umhin kommt, auch darüber hinaus zu denken, was einen da als Hausaufgabe mit auf dem Nachhauseweg als Gedankenfutter zum genaueren Analysieren gegeben wurde, denn nur, unter Berücksichtigung von Für und Wider und Sowohl als Auch und Sowieso und Überhaupt, kann es uns allen gemeinsam mit vereinten Kräften unter Aufbietung aller Anstrengungen gelingen – und ich betone das umso ausdrücklicher –, eine Richtung einzuschlagen, die – und auch das muss eindringlich unterstrichen werden – uns für die zu verhandelnde Sachlage wie für alle

Beteiligten und für alle direkt wie indirekt Betroffenen den besten Weg zu einem möglichen Lösungsansatz einer gerechten und umfassenden Problemanalyse, welche sich als Ausgangspunkt einer zu schaffenden Basis für eine allumfassende und vom konkreten Einzelfall vor Ort bis zur theoretischen Überlegung im Zentrum des Geschehens gültige und funktionsfähige Grundlage anbietet, denn wie Sie alle wissen und ich daher kaum noch einmal betonen muss, um die Wichtigkeit dieser alltäglichen Selbstverständlichkeit herauszustellen, die so gerne unter den Teppich gekehrt wird, um sie nicht zu vergessen: das Lokale ist global – wie das Globale lokal ist. So ergibt sich denn auch zwangsläufig und geradezu natürlich alternativlos, wenn wir die Sachlage unter diesem Aspekt des zwanglosen Sachzwanges betrachten, der eben gerade in seiner Tragweite weit über das Alltägliche im Realen des Kommunalen sowie des kommunalen Miteinanders in die Weite des entgrenzt-unbegrenzten Nahen des Glokalen führt, unter dem ich hier, wie ich hier klipp und klar zu verstehen geben gewillt bin, nicht einfach nur Sie und mich, sondern darüber hinaus Jeden und Alles im kleinen wie im großen Maßstab unseres dorfweltlichen Weltdorfes zu subsumieren mich veranlasst sehe, denn nur so können post-demokratische Prozesse in Gang gesetzt werden, die das All-umfassende in seiner ganz konkreten Anschaulichkeit in eine Transparenzperformance zu transformieren vermag, die das Prozesshafte des Transformanten umfasst. Gerade diese Tatsache führt eben dazu, dass unweigerlich wir uns mit Herausforderungen konfrontiert sehen, die erst dann in ihren Auswirkungen ihre voll-umfänglichen Wirkungen entfalten, wenn wir es am wenigsten uns vorzustellen vermögen, da sie uns zu Maßnahmen zwingen, die nicht das zu erbringen scheinen, was der naive Beobachter sich darunter zunächst vorgestellt hat. Das kann man ihm aber nicht zum Vorwurf machen – und das nicht, weil er naiv ist, da Naivität – unschuldige Schuld – eine Tugend ist, sondern weil es eben Dinge gibt, die so unverzeihlich sind, dass sie nur durch Verzeihen aus der Welt geschafft werden können. Gerade auch im Kleinen, nicht nur im Großen. Gerade eben im Kleinen, denn nur dort haben wir es eben mit der Ebene der direkt Getroffenen zu tun, wenn man alle sonstigen Faktoren in diesem Zusammenhang einmal ausklammern will, was ich an dieser Stelle ausdrücklich nicht tue, da wir eine Verantwortung eben und gerade auch und insbesondere für das Übergeordnete haben, ohne dass es keinen umfassenden Zusammenhang gibt, der das Monadenhafte in seiner Transition des Einzelfalls zum Besonderen des Allgemeinen überhöht. Insbesondere bei der Formulierung der echten Fragestellung der exakten Frage muss uns das immer bewusst sein", retournierte die Hoffnung aus der Kapitale an einem Punkt des Debattenzirkus den Ball butterweich übers Netz, worauf die Journaille verzückt den Ball aufnahm und zurückspielte: „Und wie können wir das Bewusstsein für die zu stellende Frage öffnen?"

Daraufhin fand er sich, ohne dass er zu sagen vermocht hätte, wie er dorthin gelangt war, dieser Person mit dem Mikro gegenüber, die erschrocken aus ihrem Sessel aufgesprungen war, und scheuerte ihr derart feste eine, dass sie hilflos eine unelegante Pirouette um die eigene Achse vollführte und sodann hilflos aufjaulend unrettbar in den Sessel krachte.

Alles um ihn herum war wie erstarrt. Selbst das Starlet aus der Hauptstadt brachte keinen Ton heraus, sondern saß nur da – versteinert und verstummt. Auch sein Personenschutz schaute verdutzt aus der Wäsche, ohne einen Finger zu rühren. Und das Publikum vor der Bühne rührte sich ebenfalls kein bisschen und gab keinen Mucks von sich.

So konnte er ungehindert die Bühne verlassen und unbehelligt den Platz vor der Bühne überqueren. Erst als er eine Straße am Ende des Platzes überquert hatte und in eine Seitenstraße abgebogen war, hörte er plötzlich vom Platz das aufbrausende Klatschen des Publikums. Ob es seinetwegen war, war ihm egal, da es ihn nichts anging, was sich da hinter ihm in seinem Rücken abspielte, denn es interessierte ihn einfach nicht mehr. Er hatte die Angelegenheit dann auch schon vergessen, als er bei sich zu Hause ankam, weil sie ihm zu unwichtig in ihrer Unwirklichkeit geworden war.

Umso mehr überraschte es ihn, als am nächsten Tag ein ganzes Sonderkommando der Polizei vor seiner Tür stand. So ganz perplex wie er bei ihrer Ansicht war, hatten die Polizisten ein leichtes Spiel mit ihm und konnten ihn problemlos überwältigen und abführen.

Das Verhör auf dem Polizeirevier gestaltete sich für den verhörenden Polizeibeamten nicht leicht. Es begann schon bei der Feststellung der Personalien. Mehr als ein Kopfnicken auf die Fragen zur Person war von der Person vor ihm nicht zu erhalten. Auf seine Frage, ob sie einen Anwalt wolle, schüttelte die Person vor ihm kaum merklich den Kopf.

„Okay, ich seh schon. Nicht sehr gesprächig heute, was? Möchten Sie denn jetzt die Aussage komplett verweigern und erst nochmal ne Nacht darüber schlafen? Hier bei uns? Freie Kost und Logis inbegriffen?" fragte der Polizeibeamte.

Wieder schüttelte die Person vor ihm verneinend den Kopf.

„Na, dann wollen wir nochmal anfangen. Dieses Mal richtig", sagte der Polizeibeamte seufzend. „Was mich brennend interessieren würde wie ein Pilz in meiner Scheide: Was haben Sie sich eigentlich dabei gedacht?" fragte der Polizeibeamte sodann.

„Warum?" fragte die Person vor ihm zurück.

„Warum es mich wie einen Tripper im Endstadium interessiert, fragen Sie mich?" Der Polizeibeamte schaute die Person vor ihm für einen Moment fassungslos an. „Versuchen Sie nicht einen auf superclever zu machen, okay? Dumme Sprüche mache nur ich hier, damit das klar wie Scheidenflüssigkeit ist. Seien Sie versichert, dass ich keine Psycho-Spiele mit Ihnen spiele. Dafür stehe ich zu kurz vor der Pensionierung. Ist das klar wie ein Tritt in die Kronjuwelen?"

Die Person vor ihm schaute vor sich hin, ohne zu antworten.

„Ob das klar wie Wehenschmerzen ist, habe ich gefragt. Sie sind sich augenscheinlich nicht Ihrer Lage bewusst. Wir sprechen hier weder von einem Mundraub- noch von einem Kavaliersdelikt. Das war ein tätlicher Angriff mit Körperverletzung, was Sie da gemacht haben. Das geht vor Gericht. Und wer weiß? Wenn's ganz übel für Sie kommt, unterstellt man Ihnen vielleicht sogar terroristische Motive. Es war schließlich eine politische Veranstaltung", wurde der Polizeibeamte deutlich. „Was hatten Sie da überhaupt auf der Bühne zu suchen?" fragte der Polizeibeamte dann.

Die Person vor ihm reagierte auf diese Frage mit einem Achselzucken.

Der Polizeibeamte lehnte sich zurück und verschränkte die Arme. Für lange Zeit schaute der Polizeibeamte die Person vor sich nur an, ohne eine Wort zu sagen. Schließlich beugte der Polizeibeamte sich aber wieder vor: „Entweder stehen Sie unter Schock oder Ihnen ist wahrhaftig nicht die Schwere Ihres Vergehens bewusst. Oder Sie halten das Ganze hier für ein Spiel. Oder – und bitte verzeihen Sie meine robuste Ausdrucksweise dieses eine Mal – Sie falsch gestrickter Teddybär haben einen gewaltigen Sockenschuss und mächtig einen an der Waffel. So oder so, wir behalten Sie ersma hier. Ich werde auch einen Amtsarzt kommen lassen, der Sie unter die Lupe nimmt. Na, wie klingt das?"

Die Person vor ihm schaute für einen Moment zur Seite, bevor sie Ihren Blick unverstellt dem Polizeibeamten zuwandte: „Ich sage nichts ohne meinen Anwalt."

Der Polizeibeamte grinste: „Das nenn ich einen Fortschritt. Ich muss nur höflich werden und schon gibt es Antworten. Kennen Sie denn einen Anwalt, den Sie herbeirufen können? Oder möchten Sie, dass wir Ihnen einen rufen?"

Da die Person vor ihm keinen Rechtsanwalt kannte, wurde ihr von dem Polizeibeamten einer besorgt.

Die Bitte um einen Anwalt, dieses Zugeständnis seinerseits, verhinderte zwar nicht, dass er auf dem Polizeirevier bleiben musste, aber auf eine ärztliche Untersuchung wurde verzichtet. Vorerst. Für den Augenblick.

Mit dem Anwalt traf er am nächsten Morgen zusammen.

„Auf die Schnelle konnte ich mich natürlich nicht in alle Einzelheiten des Falles einarbeiten. Aber dazu gibt es ja auch noch nicht alle Details, wenn ich das richtig verstanden habe, da Sie sich bisher wenig kooperativ verhalten haben. Ich mache Ihnen da keinen Vorwurf, nicht, dass wir uns da falsch verstehen. Das Problem ist nur: Die Angelegenheit ist in Windeseile zu einer riesigen Mediengeschichte aufgeblasen worden. Und die Medien sind eindeutig nicht auf Ihrer Seite. Sie haben einen Journalisten tätlich angegriffen. Damit haben Sie sich keine Freunde unter den Angehörigen dieses Berufstandes gemacht. Vielleicht wäre es nicht allzu schlimm, wenn nicht der Minister dabei gewesen wäre. Aber so ist es keine belanglose Prügelei auf einer unbedeutenden Dorfkirmes. Sie müssen mit etwas kommen. Sie müssen mir entgegenkommen. Wir brauchen ein Gegennarrativ, auf dem ich meine Verteidigungsstrategie aufbauen kann", sagte der Anwalt, nachdem sie einander vorgestellt worden waren und sich einander gegenüber gesetzt hatten.

„Warum?" fragte er.

Der Anwalt musste auflachen und sah ihn dann an: „Ist das Ihr Ernst? Sind Sie so naiv oder tun Sie nur so? Ich habe es Ihnen doch gerade auseinandergesetzt."

„Warum?" fragte er noch einmal voller Ernst.

Der Anwalt schaute ihn an und wusste nicht, was er von ihm halten sollte und wie er die Frage, wenn sie denn wirklich ernst gemeint war, beantworten sollte. Bis ihm ein Gedanke kam. Ihm ging ein Licht auf, denn er dachte, er hatte nun seinen Mandanten verstanden: „Ach, darauf wollen Sie hinaus. Selbstverständlich könnten wir es auch mit der *Wahrheit* versuchen. Wahrheit ist Macht. Und Macht ist Wahrheit. Aber seien wir ganz ehrlich – und das sage ich nicht, weil ich der anderen Seite mehr zugeneigt bin, was ich definitiv nicht bin. Die ungeschminkte Wahrheit lautet: Der Zug ist längst abgefahren. Die öffentliche Wahrheit – und damit auch den Richter – noch in eine andere Richtung zu beeinflussen wird sehr schwer. Entscheidend ist ja bekanntlich, wer Macht über die Wahrheit hat. Und das sind im konkreten Fall nicht Sie. Verstehen Sie das? – Aber gut! Fangen wir mit der *Wahrheit* an: Was haben Sie sich dabei gedacht? Warum meinten Sie, Politik betreiben zu müssen?"

„Warum soll ich es Ihnen sagen, wenn es keine Rolle spielt?" fragte er.

„Es mag keine Rolle *mehr* spielen, aber vielleicht kann uns die Wahrheit zum passenden Zeitpunkt als taktische Waffe dienen, um Ihnen einen Vorteil zu verschaffen", antwortete der Anwalt.

„Ich weiß es nicht", sagte er daraufhin und der Anwalt erwiderte darauf zunächst einmal gar nichts.

Und da er bis zur Gerichtsverhandlung die Wahrheit nicht preisgeben wollte oder konnte und nicht irgendeine andere Erklärung beibringen konnte oder wollte, machte er es dem Anwalt nicht gerade einfach, sich eine Verteidigungsstrategie zurechtzulegen.

Der Anwalt nahm es sportlich. Er erreichte sogar, dass er unter bestimmten Auflagen bis zur Verhandlung auf freien Fuß gesetzt wurde. Dem Anwalt war andererseits aber auch klar, wie aussichtslos die Sache war, da die Fakten eindeutig gegen seinen Mandanten sprachen. So dachte er nur daran, das Schlimmste für seinen Mandanten zu verhindern, wobei er sich dafür gar nicht einmal allzu schlechte Chancen ausrechnete, mochte das Medieninteresse an dem Fall auch überwältigend sein. Glücklich ging der Anwalt am ersten Tag der Verhandlung aber nicht in den Gerichtssaal. Er hatte am Abend zuvor ein letztes Mal versucht, ein Motiv aus seinem Mandanten herauszubekommen, und war ein letztes Mal kläglich gescheitert. Er hatte auch noch einmal den Versuch unternommen, seinen Mandanten dazu zu bewegen, während der Verhandlung Reue zu zeigen. Ob sein Mandant ihm wenigstens diesen Gefallen tun würde, blieb abzuwarten.

Er folgte der Verhandlung so konzentriert, wie er der Podiumsdiskussion gefolgt war. Im Gegensatz zu damals wunderte er sich aber nicht darüber, wie er hierher gelangt war. Das war ihm klar. Er hatte auch nicht vor, auf unschuldig zu plädieren. Ebenso wenig hatte er vor, strafmildernde Umstände ins Feld zu führen. Er hatte getan, was er getan hatte und von dem er in dem Moment des Zuschlagens auch überzeugt gewesen war. So ließ ihn auch die Aussage des Lokalreporters, welcher gleichzeitig als Nebenkläger auftrat, kalt. Diese Person regte ihn nicht mehr auf, wie sie es noch auf der Diskussionsveranstaltung getan hatte. Sie hatte ihre Sicht auf den Sachverhalt und damit hatte er kein Problem. Sie war belanglos.

Der Aussage des Hauptstadtpolitikers, dem heimlichen Star der Gerichtsverhandlung, folgte er ebenfalls konzentriert und emotionslos: „Ich bin immer noch schockiert, wenn ich an diesen Tag denke, ja, geschockt. Da sind wir mit einem wahrhaft großen Problem konfrontiert und setzen all unsere Kräfte ein, um eine für alle passende Lösung zu finden, wobei die Presse uns mit ihren klugen Fragen eine unermessliche Hilfe ist, weil sie uns neue Perspektiven aufzeigt und neue Denkanstöße gibt. Und dann kam es da einfach wie aus dem Nichts und schlägt eiskalt grundlos zu. Ja, schauen Sie nur richtig hin, wie er da sitzt. Kalt und gefühllos. Ein skrupelloser Schläger. Seine Schlägervisage war mir schon beim Betreten des Podiums unangenehm aufgefallen. Dieser Riesenzinken und diese Elefantenohren!! Ich habe mich gefragt, wer das denn sei und was er hier zu suchen habe. Aber ich dachte mir auch, dass er wohl ein Bürger dieses Gemeinwesens sei und ihm das Gemeinwohl am Herzen liege. Und warum sollte man einer solchen Person die Teilnahme an einem so wichtigen Unterfangen verweigern? Wir brauchen solche Leute. Die an das Allgemeine denken. Die klotzen und nicht kleckern. Doch leider ist er nicht einer von denen. Es macht mich wirklich wahrhaftigst zutiefst betroffen, wie er unser Vertrauen so missbrauchen konnte, um seinen heimtückischen Angriff auf die Presse auszuführen. Ein Attentat auf unsere Pressefreiheit! Auf unsere Demokratie im Besonderen! Auf die Demokratie im Allgemein! Welch eine Schande! Ja, er ist ein Schandfleck für unsere Gemeinschaft, für unsere Gesellschaft, was sage ich?, für die ganze Menschheit! Und wie er da jetzt widerlich grinsend feixend sitzt und sich einen runterholt bei dem Gedanken, er hätte es uns gezeigt! Ja, du perverser Wichsking, mach dich nur lustig über uns! Glaub nur, dass wir jetzt diese Farce hier nur deinetwegen aufführen und nach deiner Melodie zu deiner einsamen Belustigung tanzen. Lass dir das jedoch gesagt sein, du Wicht: Es ist ein Irrglaube! – Sicherlich braucht er dieses berauschende Machtgefühl, weil er in Wirklichkeit – verzeihen Sie meine drastische und bildhafte Ausdrucksweise – ein minderbemitteltes kleines Licht ist, ein angeschwurbelter, kleinschwänziger, eierloser Eunuchenlurchwurm. Ein Loser und Versager, der sich für den mit dem Größten hält. Dabei ist er ein Nichts, ein Niemand, den niemand vermissen wird, wenn er einmal seiner gerechten Strafe zugeführt und endlich für immer vom Angesicht dieser Erde vertilgt und auf alle Ewigkeit hin ausgelöscht und ausgerottet lobotomiert in der Elektorschock-Hölle für seine Sünden schmort."

An dieser Stelle setzte es bei ihm aus.

Er musste wirklich schnell gewesen sein. So schnell, dass sie ihn erst stoppen konnten, als der aufgehende Stern am Politikerhimmel schon längst zu Boden gegangen war und er über ihn. Und ihm immer und immer wieder eins mächtig in die Fresse gab.

Als er endlich überwältigt worden war und aus dem Saal geführt wurde, wusste der Anwalt, dass das Allerallerschlimmste eingetreten war und sein Mandant nun wirklich unrettbar verloren war.

Als er nach der Verbüßung der Haftstrafe, von der ihm nichts zur Bewährung erlassen wurde, durch das Tor des Gefängnisses hindurch nach draußen zurück in die Freiheit trat, wartete niemand auf ihn.

So dachte er zumindest.

Es stand da aber ein unbekannter Wagen am Straßenrand genau dem Tor gegenüber. Und die Person, die hinter dem Steuer saß, ließ den Motor an, kaum war er durchs Gefängnistor getreten.

Er erkannte sie sofort wieder, auch wenn sie sich stark verändert hatte.

Es war der Mann, der damals vor dem Studentenwohnheim auf ihn gewartet hatte. Und nun wartete er hier vor dem Gefängnistor auf ihn in einem neuen Wagen. Und was für ein Wagen das war! Kein klappriges Gebrauchtwagenmodell wie damals, sondern ein wirklich funkelnagelneuer Sportwagen passend zu dem schwarzen Anzug, den der Mann nun trug, mit einem schicken Goldkettchen um den Hals!!

Der Mann nickte ihm nun lächelnd zu und forderte ihn mit einer Handbewegung auf, zu ihm zu kommen.

Er überlegte sich die Sache für einen Moment. Was konnte der Mann dieses Mal von ihm wollen, fragte er sich. Da er aber nichts anderes zu tun hatte, überquerte er die Straße, lief um den Wagen, öffnete die Beifahrertür und setzt sich neben den Mann, der augenblicklich Gas gab.

„Wundere dich nicht, mich hier zu finden. Ich habe beide Prozesse verfolgt. Beim ersten war ich sogar beteiligt gewesen. Ich war einer von denen, die dich schließlich überwältigen konnten", sagte der Mann zur Begrüßung.

„Warum hast du nicht die richtigen Lehren aus dem gezogen, was ich dir das letzte Mal gesagt habe?" fuhr er dann fort. „Du bist die Sache vollständig falsch angegangen. Es ist ja nicht so, dass ich mit dir nicht sympathisiere. Ich verstehe voll und ganz, warum du es getan hast. Du hast durchaus die richtigen Schlüsse gezogen. Aber du hast dein Gegenüber, dieses hochgradig eifersüchtige und im höchsten Maße neidische Etwas, überschätzt wie schon damals zu seligen Schulzeiten", fügte er dann an, bevor er sich selbst unterbrach und ihn kurz anschaute: „Ich weiß. Du hast mit dem Unfall nichts zu tun. Mit beiden nicht."

„Aber zurück zum Wesentlichen", besann er sich dann wieder auf das Eigentliche. „Wie gesagt: Ich bin auf deiner Seite. Doch so geht es einfach nicht. Du musst die Sache anders angehen. Du musst einfach die richtigen Lehren aus deinen Erfahrungen ziehen. Und bei ‚richtig' meine ich zu 1000% und nicht zu 52,42% oder 73,77% wie die letzten beiden Male. Darum bin ich hier. Ich will dich auf die richtige Fährte setzen, und zwar so, dass du dein Ziel auch erreichst. Ansonsten ist nämlich alles, was du tust, reine Zeitverschwendung, verstehst du? Du gehst sonst immer nur zurück auf START.

Willst du das? Dafür hast du doch viel zu sehr schon an dir gearbeitet. Mann, du hast Knast überlebt, dabei hätten sie dich vor Jahren noch zum Frühstück verputzt! Und jetzt bist du sogar *well connected*. Wenn das mal nichts ist! Respekt, Alter!"

Der Mann schaute ihn an und er merkte, wie er dabei war, zustimmend zu nicken.

„Ich sehe, wir sind auf derselben Wellenlinie. Wunderbar! Sehr schön das! Von nun an machen wir es richtig. Keine halben Sachen mehr. Und wo wir schon beim Thema sind: Wirst zu Hause auch schon sehnlichst erwartet! Kannst dir sicher denken von wem", sagte der Mann vollkommen überzeugt und völlig sicher und grinste ihn dann an: „Und hör jetzt endlich mit dem Geflenne auf! Gibt keinen Grund mehr dafür, okay? Alles tutti."

IV

B. Hitman tot aufgefunden - Ein Unfall?

Gwangnaru. Wie die Polizei heute bekannt gab, wurde die Leiche des unter dem Künstlernamen B. Hitman berühmt geworden Musikers gefunden. Die Polizei geht von einem Unfall aus, will ein Fremdverschulden aber bis zum Abschluss der Untersuchung auch nicht zu 100% ausschließen. B. Hitman hatte mit den zwei Nummer-1-Singles *Down* und *Lullaby* weltweiten Mega-Erfolg. So blitzartig wie er dank Social Media berühmt wurde, so schlagartig war seine Karriere aber auch wieder vorbei. In den letzten Jahren soll er von der Öffentlichkeit komplett zurückgezogen das unscheinbare Leben eines namenlosen Normalos gelebt haben.

No Lullaby

Der Raum war vollkommen leer bis auf den Mann, der auf dem Fußboden saß. Er saß da mit dem Rücken gegen die Wand gelehnt, die ihm Halt gab. Der Raum war dunkel bis auf das flickernde, flackernde, fliehende Laternenlicht, welches von draußen durch das Fenster ins Zimmer fiel und den Mann in ein unstet atmendes, mit Schatten durchtränktes Halbdunkel tauchte.

Der schwer atmende Mann starrte auf das schwarze Nichts, das sich auf seinem Hemd ausbreitete. Er presste seine Hand darauf, doch es half nichts. Die Dunkelheit breitete sich immer weiter aus.

Sein Blick glitt ab und landete auf seiner linken Hand, die immer noch das Messer hielt. Langsam hob er die Hand, bis das Messer in das von draußen hereindrängende Licht schnitt.

Blut lief die Schneide des Messers entlang und tropfte über den Griff auf den Boden, wo es sich schwarz in den Beton fraß.

Der Mann verfolgte konzentriert den Weg des Blutes, bis er das Messer nicht mehr halten konnte und es fallen ließ.

Klirrend tauchte es in die Dunkelheit ab und entschwand dem Blick des Mannes, der die Wand nach unten zu rutschen begann, während sein Blick wieder auf sein Hemd fiel.

Für einen Moment musste er grinsen, wenn auch verbittert. So war denn auch sein Lachen verbittert, das ihn kurz durchschüttelte, bevor es in einem Hustenanfall über- und dann unterging. Ihm war zwar überhaupt nicht nach Grinsen und Lachen zumute, doch war es einfach so über ihn gekommen und hatte ihn übermannt.

Sein Blick glitt vom Hemd ab und landete in der Ecke des Raumes, der in völliger Finsternis lag und aus der sich nun eine Gestalt in einem äußerst eleganten schwarzen Anzug mit einer goldenen Maske über Mund und Nase herausschälte, die nun in das Zwielicht trat, welches durch das Fenster floss: „Warum hast du dich den

Typen ergeben? Wie weit ist es mit dir gekommen, dass du nicht einmal mehr in deinem *safe space* sicher bist? Wie oft habe ich es dir erklärt? Und hattest du es nicht das letzte Mal begriffen? Dass du dafür sorgen musst, dass die Leute auch liegen bleiben und nicht wieder aufstehen, wenn du ihnen eine verpasst hast. Schau doch nur, wie weit es uns gebracht hat! Hatten wir nicht einen Riesenlauf? Du und ich? Ich und du. Und nu? Schau dich doch jetzt nur an. Statt dir die Kugel zu geben wie du sie den anderen gegeben hast, musstest du dir ein Messer reinrammen... reinrammen lassen. Wozu trägst du deine Wumme denn mit dir rum, bitte schön, wenn du sie nicht benutzt? Ich seh doch, wie dein Ballermann noch im Holster steckt. Anstatt es kurz und bündig zu machen wie ein Haiku, muss es ein Riesen-Drama werden, das in die Verlängerung geht. Kurz und schmerzlos. Ist das sooo schwer? Aber natürlich erwartest du nun, dass ich dich erneut aus der Scheiße, in die du dich mal wieder selber gebracht hast, heraushole. Wie immer soll ich dir den Arsch retten und einen Weg aus dem Schlamassel weisen", sagte ich. „Doch leider muss ich dich enttäuschen. Daraus wird dieses Mal nichts, denn ich kann nichts für dich tun. Ich kann einfach nichts mehr für dich tun! Dafür ist es schlicht zu spät. Du bist zu weit gegangen. Keiner kann dich da mehr zurückholen, schon gar nicht ich. Und seien wir mal ganz ehrlich: Wenn du es wirklich gewollt haben würdest, würdest du dich nicht so stümperhaft angestellt haben. Aber irgendwie immer wieder hoffen. Warum auch nicht, wo es mich gab? Dank dir konnte ich der sein, der ich immer sein wollte. *Someone for everybody.* Deine Existenz hat es möglich gemacht. Und gerade weil du mir mein Leben ermöglicht hast, konnte ich dir helfen. War das nicht der Deal? Ein Jeder trage des Anderen Last? Um unser beider Überleben zu sichern? Eine Hand wäscht die andere? Schon vergessen? Doch nun sind mir die Hände gebunden. Und nichts kann den Knoten mehr durchschlagen, der sie fesselt. Gratuliere! Mit einem Messer Fesseln angelegt. Und mich so schachmatt gesetzt! Das hast du wirklich und wahrhaftig und fürwahr gut gemacht. Indem du einmal etwas richtig falsch machst, machst du aber auch etwas ganz richtig, selbst wenn du dich im Augenblick dafür verfluchen möchtest, weil es Türen geöffnet hat, die du für uns auf immer verschlossen halten wolltest und solltest. Da du aber nicht einfach den Abzug gedrückt, sondern die Knarre stecken gelassen hast, hast du uns die Chance eröffnet, sich allem endlich zu stellen und mit allem endlich ins Reine zu kommen. Zu schade nur, dass dies zu nichts nutze sein wird. Alles umsonst. Vergeudete Liebesmüh. Nutzlos eben. Aber das ist die Ironie der Geschichte, das ist die Ironie unserer Existenz. So kann ich dir aber abschließend nur noch empfehlen, immer weiter zu träumen, bis es kein Erwachen mehr gibt. Und in diesem Sinne lass mich dich zum Ende hin in den Schlaf singen."

DOWN

I am

who I was

I wasn't

my parents

I am

who I was

I wasn't

my school

I am

who I was

I wasn't

my university

I am

who I was

I wasn't

my love

I am

who I was

I wasn't

her death

this pain

isn't me

I was

who I am

this country

I am not

I was

who I am

this city

I am not

I was

who I am

this job

I am not

I was

who I am

this person in the mirror

I am not

I was

who I am

this body

I am not

I was

who I am

100

this wound

I am not

I was

who I am

this blood on these hands

I am not

I was

who I am

this knife in these hands

I am not

I was

who I am

this life

I am not

my pain

wasn't me

it just

was

UPSIDE

UP

Autopsie

Der Anfang vom Ende

Der Junge, der er gewesen war, weinte. Er wusste nicht, warum. Er wusste nur, dass irgendwas nicht stimmte. Irgendwas war nicht in Ordnung. Er konnte aber nicht sagen, was es war. Er wusste auch nicht, sich zu helfen. So weinte er. Es war für ihn der einzige Weg, sich Erleichterung von diesem Etwas, diesem schrecklichen Etwas, zu verschaffen, dass ihn immer mehr verstörte, je unfassbarer und unbestimmter es wurde.

Und vielleicht würde sein Papa kommen. Sein Papa war ja da, seine Mama dagegen nicht. Sein Papa konnte ihm vielleicht helfen. Sicherlich konnte er ihm helfen. Er war groß und stark. Bei ihm war er sicher und er würde das Etwas sicher zu vertreiben wissen.

Und wahrhaftig, da kam sein Papa. Und sein Papa nahm ihn auf den Arm. Und sein Papa fragte, was los war. Und sein Papa streichelte und tröstete ihn. Und sein Papa überprüfte seine Windel. Und sein Papa wollte ihm etwas zu essen und zu trinken geben.

Doch all diese Etwasse waren es nicht und in der Windel war auch nichts.

So ging sein Papa mit ihm durch die Wohnung, ihn dabei hin- und herwiegend.

Doch das half ebenfalls nichts. Es half nicht gegen dieses Etwas. Irgendwas war heute anders als sonst.

Und das ängstigte ihn am meisten. Und nicht einmal sein Papa konnte etwas dagegen tun, der inzwischen angehalten und ihn nun vor der Wohnungstür sanft auf den Boden absetzte und sich vor ihm hinkniete, wobei er ihn behutsam an den Schultern hielt: „Was hast du denn nur, mein Kleiner? Was stimmt nicht? Was kann Papa für dich tun?"

Er konnte seinen Papa nur aus verweinten Augen anstarren. Woher sollte er das denn alles wissen? Wie konnte er das denn nur wissen? Darum weinte er doch. Darum war sein Papa doch da. Um es zu wissen. Um ihm zu helfen.

Um ihn zu retten.

Er brüllte los.

Und genau in diesem Moment öffnete sich die Wohnungstür und seine Mama kam herein. Er und der Papa schauten sie überrascht an. Und er war sowas von erleichtert. Seine Mama war da. Sie wusste sicherlich bestimmt die Rettung.

Doch das konnte ihn nicht vom Brüllen abhalten, vielmehr verstärkte es sich noch.

Seine Mama hielt sich mit der einen Hand an der Tür fest, mit der anderen am Türrahmen. Sie atmete schwer.

Sie stand da in der weit geöffneten Tür für einen Moment, bevor sie in die Wohnung fegte und ihn überhastet beschützend an sich drückte.

„Mein Schatz, was ist denn?" fragte sie ihren Sohn, der seine Ärmchen hilfesuchend um ihren Hals schlang, aber nicht zu schreien aufhörte, so dass er zu keiner Antwort fähig war, selbst wenn er es ihr hätte sagen können.

Sie schaute von ihm auf den Mann, der immer noch auf dem Fußboden kniete und nun zu ihnen beiden hochsah: „Was ist passiert? Was hast du wieder angestellt?" wollte sie wissen.

„Er hat zu weinen angefangen und wollte sich nicht beruhigen", antwortete der Mann und erhob sich, woraufhin sie sich reflexartig von ihm wegdrehte.

„Ja? Wirklich?" fragte sie, bevor sie sich wieder ihrem weinenden Sohn zuwandte: „Ist ja gut, mein Schatz! Mama ist hier." Sie streichelte ihm über die Haare.

Doch ihr Sohn wollte sich nicht trösten lassen und greinte unablässig weiter in höchsten Tönen.

„Ja, was hast du denn, mein Schatz?" fragte sie ihren Sohn und machte sich Richtung Küche auf, wobei sie auf den Mann vor sich nicht achtete, der hastig zur Seite sprang. „Hast du Hunger, mein Süßer?" fragte sie ihren Sohn.

„Ich habe ihm schon einen Brei gemacht. Er wollte aber nicht. Vielleicht hat er keinen Hunger", sagte da der Mann.

Sie schaute kurz über ihre Schulter: „Ja, natürlich will er nicht deine Wichse schlucken. Er halt Geschmack. Nicht so wie seine Mutter."

Der Mann erwiderte nichts darauf und folgte ihr in die Küche, wo sie mit dem weinenden Sohn auf dem Arm versuchte, etwas für ihn zu zaubern.

Doch ihr Sohn riss schreiend den Kopf zur Seite, als sie ihn mit der Schnabeltasse füttern wollte, und begann, hilflos mit den Armen um sich zu schlagen. Er schlug ihr die Tasse aus der Hand.

Er schlug ihr auch ins Gesicht.

Für einen Moment war sie wie erstarrt. Dann kreischte sie los: „Du ungezogener

Bengel, du widerlicher Abklatsch deines Vaters. Warum habe ich dich überhaupt geboren? Warte nur, bis ich dich ersetzt habe, du undankbarer Gendefekt."

Als Antwort kreischte er nur umso lauter.

„Komm, ich mach schon", sagte der Mann und kam mit geöffneten Armen auf die beiden zu.

„Was willst du machen? Du hast schon genug gemacht! Viel zu viel sogar!! In mich reingepisst und mir diese Missgeburt auf den Hals gehetzt!" schrie sie den Mann an.

„Bitte reg dich wieder ab! Bitte beruhige dich doch! Es ist nicht gut, in deinem Zustand, sich aufzuregen", bat der Mann.

„Ach, ich habe Zustände, ja? Sagt der, der schon genug Unheil angerichtet hat. Sei du bloß stille! Und bleib bloß weg von mir. Mein Sohn ist einzig und allein mein Job!" schrie sie ihn an.

„Bitte, ich meine es doch nur gut", sagte der Mann und machte einen weiteren Schritt auf die beiden zu, woraufhin sie sich umdrehte und aus einem Messerblock auf der Anrichte ein Messer zog und es dem Mann entgegenhielt: „Ich weiß nur zu gut, wie gut du es meinst", zischte sie und stach mit dem Messer nach dem Mann, der vor der Klinge zurückwich.

Sie machte mit dem ausgestreckten Messer einen Schritt nach vorne: „Angst hast du? Gut! Dann weißt du endlich mal, wie es ist, in Angst zu leben. Tagein, tagaus. So wie gestern. So wie heute. So wie morgen. Weil du dein Leben nicht mehr unter deiner Kontrolle hast wegen irgendson Scheißdreck, den irgendsone Biowaffe auf zwei Klöten in dich abgespritzt hat, um dich abzuspritzen. Irgendson Nichtsnutz, der zu nichts zu gebrauchen ist und jederzeit bereit ist, sich an kleinen Kindern zu vergehen, weil er nicht weiß, mit ihnen umzugehen. Sicherlich hast du irgendwas gemacht. Ich kenne dich doch. Schau nur, was du aus mir gemacht hast! Eine Legebatterie. Und jetzt muss ich wieder mit ihm zum Kinderarzt. Und sie gucken mich an, als wäre ich der Kinderficker, der den eigenen Sohn schändet! Mich schauen sie an. MICH! Ja, hab du nur Angst vor meinem Messer, wie ich Angst vor deinem hatte. Wenn es dich sticht, dann blutest du, wie ich geblutet habe, als du mich mit deinem das erste Mal abgestochen hast. Und wie ich *immer* noch blute aus allen Wunden, die mir das Leben mit dir geschlagen hat. Aber ja, weich aus. Weich zurück. So wie du es *immer* machst, wenn es ein Problem gibt. Darin bist du gut. Im Ausdemstaubmachen. Warum gehst du nicht gleich für *immer*? Da ist die Tür. Hier ist das Messer. Was wählst du? Also ich würde das Messer wählen", sagte sie und hieb ein weiteres Mal auf den Mann ein, der da schon bis zur Wohnungstür zurückgewichen war.

Der Mann wich durch die offene Wohnungstür in den Treppenflur aus, so dass ihn das Messer erneut verfehlte. Voller Zorn und in Rage holte die Frau noch einmal aus und hieb mit einer solchen Kraft und einem solchen Schwung nach dem Mann im

112

Treppenhaus, dass es sie selbst nach vorne und aus der Wohnung trieb.

Die Frau vermochte nicht mehr, sich zu fangen. Sie schaffte es nur noch, sich mit dem Kind auf dem Arm, das einen herzerschütternden gellenden Schrei ausstieß, einmal um die eigene Achse zu drehen, bevor sie, verzweifelt ihren Mann um Hilfe anrufend, der einen Schritt zu spät kam, die Treppe Hals über Kopf hinunterstürzte.

Credits

Allererste Idee: 903, 27.03.2021.

Allererstes Konzept: 903, 30.03.2021.

Geschrieben (handschriftliche Fassung): 903, 18.04.2021 bis zum 03.05.2021.

Geschrieben (Computerfassung): 903, 04.06.2021 bis zum 16.06.2021.

Stand: 15.07.2021.

Die Lyrics *arrested development* und *DOWN* enstammen dem bisher unveröffentlichten Mini-Album *everysome. pad sounds* von j. t. baka. Verwendung mit freundlicher Genehmigung des Autors.

Dank an: Jethro Tull, Annika A. Culver und an den Film *2046*.

Inhaltsverzeichnis

Endlich. Erinnerungen

Impressum

Foto (S. 117): Simon Wagenschütz.

Redaktionsschluss: 23.07.2021.

©2021 Tomis, Otaru
Herstellung und Verlag: BoD - Books on Demand,
Norderstedt.

ISBN-13: 9783754311608.